KB193006

초대형견과의 일상, 우아한 사파리

초대형견과의 일상, 우아한 사파리

글 · 사진 우사파

elegant safari

목차

작가의 말

　최근 동물을 유기하는 것뿐 아니라, 동물 학대가 큰 사회적 문제로 떠오르고 있습니다. 이 세상 모두가 저처럼 애정을 가질 수는 없겠지만, 최소한 말 못하는 동물을 학대하는 일은 절대 일어나서는 안 됩니다.

　누군가에게 그저 한 마리의 개일뿐일지 모르지만, 저에게는 아끼고 사랑을 쏟아야 할 가족이며 삶의 동반자입니다. 개를 반려동물로 들인다는 것은 평생을 함께하고 책임질 용기가 필요합니다. 개에 대한 지식이 필요하고 많은 인내와 이해심도 필요합니다. 물론 경제적인 여유도 필수입니다.

하지만 아직도 너무 쉽게 생각하며 단순히 귀엽고 예쁘다는 이유로 데려와 키우는 경우가 많습니다. 그러다 보니 생각보다 더 커버렸다고 버리고, 생각보다 돈이 너무 많이 든다고 파양하거나 유기해 버립니다. 반려동물을 들인다는 것은 한 생명의 삶을 책임지는 것이라는 무게감을 많은 이가 기억하길 바랍니다.

2022.09

우사파(이영빈)

Prologue

프롤로그

프롤로그

    나는 〈우아한 사파리〉라는 개인 유튜브 채널을 통해 개들과 함께하는 일상을 사람들과 공유하고 있다. 짧게 줄여서 '우사파'라고 부르는 이 채널에 함께 사는 금강이와 부가티, 그리고 나의 일상을 올리고 있다.

    처음 〈우아한 사파리〉를 시작한 건 그저 우리 금강이, 부가티와 함께하는 일상을 다른 사람들과 나누기 위해서였다. 그 귀엽고 사랑스러운 모습들을 나 혼자만 보는 건 아깝지 않은가! 그렇게 유튜브에 영상들을 올렸고, 공감해 주는 분들이 생기면서 지금의 〈우아한 사파리〉가 되었다.

우리집 초대형견들

큰아들 금강

'미들아시안 오브차카'라는 종으로,
2015년에 태어났다.
엄청나게 큰 몸집에 어울리는 묵묵하고
독립적인 성격을 가지고 있다.
혼자 있는 걸 좋아하지만, 엄마만큼은
포기하지 못하는 '엄마바라기'다.

작은아들 부가티

'코카시안 오브차카'라는 종으로,
2016년에 태어났다.
애교 많고 온순하며 배려심이 많다.
하지만 모든 사람이 자기를 좋아하는 줄
아는, 일명 '관종'이기도 하다.

Chapter 1

나는 개들의 눈빛에서
사랑을 느낀다

촉촉하고 까만 코,
복슬복슬한 발바닥과 보드라운 털.

녀석의 순진무구한 눈망울은
늘 나를 향해 있다.

개들은 말 대신
눈빛으로 이야기한다.

나는 개들의 눈빛에서
사랑을 느낀다.

참으로 티 없이 맑고 순수한,

사랑스러운 존재가
아닐 수 없다.

문득 궁금해졌다.

개는 나에게 어떤 의미일까?

바로 '나의 가족'.

Chapter 2

말이 통하지 않는 동물과 사람이
친구가 될 수 있는 것은 기적이다

개를 키워 보지 않은 사람은
평생 알 수 없는 감정들이 있다.

개와 교감을 하다 보면
어느 순간,

단순히 돌봐 주는 존재와
돌봄을 받는 존재라는 관계를 너머

말이 통하지 않는 동물과 사람이 친구가 될 수 있는 것은 기적이다

진정한 가족이 되는
순간이 온다.

나와 같은 사람도
내 마음을 몰라줄 때가 많은데,
개들은 내 마음을 느낀다.

말이 통하지 않는 동물과 사람이 친구가 될 수 있는 것은 기적이다

사랑하는 마음이 통하고,

내가 기뻐하면
나의 개들도 기뻐하고
내가 슬퍼하면
나의 개들도 슬퍼한다.

말이 통하지 않는 개와 사람이
친구가 되고,

말이 통하지 않는 동물과 사람이 친구가 될 수 있는 것은 기적이다

가족이 된다는 건
기적이다.

Chapter 3

———

개들의 시간은
사람보다 빠르다

나도 모든 것에
서툴고 미숙한 때가 있었다.

그리고
함께하는 시간 동안,

나도 개들도 함께 성장했다.

아무 데나 오줌을 싸고
옷이며 신발이며 물어뜯어
혼나던 아이가

사람과 함께
사는 법을 배우며

성장하는 모습이 기특하다.

나와 같은 시간을 살고 있는
나의 개들을 바라보면

항상 뭉클한 마음이 든다.

내가 한 살 한 살
나이를 먹을 때마다

나의 개의 수염도
하얗게 물들어 간다.

개들의 시간은
사람보다 빠르다.

그게 우리의 개들이
하루라도 더 행복해야 할 이유이다.

Chapter 4

개를 품에 안으면
따뜻하다

개들의 꼬리는 쉴 틈이 없다.

주인만 보면 쉴 새 없이 꼬리를 흔들며
온몸으로 사랑을 표현하기 바쁘다.

이런 개들을

어찌 사랑하지 않을 수 있을까?

바쁘고 치열한 삶 속에
몸과 마음이 지칠 때면

개들의 순수함이
지친 내 마음을 회복시킨다.

개를 품에 안으면
참 따뜻하다.

개들의 체온은
인간보다
2도 정도 높다고 한다.

개를 키워 본 사람만이
아는 온기.

그 따뜻한 온기가
나에게 큰 위로가 되고
사랑이 된다.

Chapter 5

내가 유기견을
돌보는 이유

나에게 개라는 존재는

모든 것을 다 줘도
아깝지 않을 소중한 가족,
그 이상이다.

개를 사랑하는 사람들은

모두 나와 같을 것이라 생각한다.

그 마음은 자연스럽게
떠도는 강아지들에게 향했다.

오갈 곳 없이 불쌍한 개들을
외면하기가 힘들어서

유기견을 치료하고
살리기 시작했다.

물론 나 혼자 이 세상 모든 유기견을
구조할 수는 없다.

다만, 내가 구조한 개들이라도
새 삶을 살 수 있도록 보듬어 주고 싶다.

생각과 실천은 한 끗 차이지만
결과는 하늘과 땅만큼 크다.

나의 작은 실천으로
단 한 사람이라도 더 유기견에
관심을 가지게 된다면

결과적으로 수많은 유기견에게
기적의 손길이 뻗칠 것이라 믿는다.

개들이 주는 위로와 따뜻함은

지친 한 사람의 인생을 바꾸고
다시 일어서게 하기에 충분하다.

개라는 존재는
보고만 있어도
마음이 몽글몽글해진다.

· 〈우아한 사파리〉의 모든 아이를 소개해 주고 싶지만, 지면상 몇몇 아이만이라도 소개합니다.

풀잎

임신한 상태로 고속도로를 떠돌다 구조된 풀잎이

베이비

온몸이 진드기로 뒤덮인 채, 아주 꼬질꼬질한 모습으로 구조된 베이비

왕자

부정 교합이 매력인 왕자

레이첼

마음의 상처가 남아 있지만 마음이 열리면 천사인 레이첼

백두

들개로 태어나 사람에게 공격적이고 야생의 본능이 강했던 백두

골든

배 속이 온갖 플라스
틱과 쓰레기로 가득한
채, 안락사 직전에 구
조된 골든이

행복

체구도 작고 장애가
있어 성질이 예민하고
겁이 많은 행복이

히어로

나이가 많고 아프다는
이유로 주인에게 버려
졌던 히어로

태산

나와 살고 있는 태산

곰

좋은 가족을 만난 곰

우람

파보로 세상을 떠난
우람

이 셋은 전 주인의
학대를 받으며 지냈다

Epilogue

에필로그

에필로그

　금강이와 부가티는 모두 한국에서 보기 힘든 초대형견이다. 80kg이 넘는 덩치의 큰 개를 키우는 일은 만만치 않다. 불편한 시선도 감수해야 하고, 아무리 교육을 했다고 하더라도 언제 어떤 일이 생길지 모르기 때문에 늘 긴장을 늦출 수 없다.

　게다가 털은 얼마나 많이 빠지고 또 먹기는 얼마나 많이 먹는지! 일반적으로 우리가 자주 접하는 크기의 개들과는 차원이 다르다. 하루에 금강이는 1.5kg, 부가티는 1~1.5kg의 고기를 섭취한다. 아플 때 병원에 데려가는 것도 쉽지 않은 일이다. 초대형견은 교육과 훈련도 필수다. 시간적으로도 체력적으로도 경

제적으로도 무엇 하나 만만한 것이 없다. 이 모든 걸 책임지고 감당해야 한다.

물론 특별한 매력도 많다. 큼직하고 두툼한 머즐, 곰 발바닥 같은 손, 엄청나게 큰 인형을 안고 있는 듯한 폭신함. 하지만 역시 독보적이라고 할 수 있는 매력은 듬직함이다. 금강이, 부가티와 함께라면 어두운 길을 산책할 때도 전혀 무섭지 않고, 집 안에서도 든든하다. 또 폭신한 털을 만지고 있으면 잠은 얼마나 솔솔 오는지!

하지만 앞서 말한 것처럼 초대형견을 키운다는 것은 정말로 쉽지 않은 일이다. 키우고 싶다는 마음만으로는 절대 할 수 없다. 나도 내 인생의 많은 부분을 금강이와 부가티를 위해 써야 했다. 그래도 나는 조금의 후회도 없다.

개는 사랑을 주면, 그 사랑을 배로 갚기 때문이다. 금강이와 부가티는 나에게 무한한 신뢰와 사랑을 보낸다. 나의 개들이 내게 보내는 신뢰와 사랑을 온몸으로 느낄 때마다 무척 행복하다. 그리고 그 행복이 바로 내 삶의 원동력이다.

그리고 오랜 시간 유튜브를 통해, 개들과 교감하며 살아가는 나의 이런 일상을 함께해 준 분들에게 감사하다. 그분들 덕분에 많은 용기와 힘을 얻어 지금까지 올 수 있었다. 이 책을 통해 다시 한 번 감사 인사를 전한다.

유튜브 〈우아한 사파리 Elegant Safari〉

우아한 사파리 대장과 함께하는 개들의 일상이 담긴 유튜브 채널

 우아한 사파리 Elegant Safari
구독자 38.6만명

구독중 🔔

홈   동영상   재생목록   커뮤니티   채널   정보   🔍

업로드한 동영상   ☰ 정렬 기준

 5:56 3:58 8:42 6:54 4:58 5:24

초대형견 집사의 개털 청소   곰만한 개 콧구멍을 자세히 살   엄마.. 목욕 내일하면 안댕?   우리 집에 사는 곰만한 개ㅋㅋ   개들을 신나게 만드는 방법   세상에서 가장 무해한 생명체
vlog.. (난이도★★★★★)   펴보았다.   가 여기 있다.
                                                     조회수 3.4만회 · 2주 전   조회수 33만회 · 1개월 전   조회수 9만회 · 2개월 전

초대형견과의 일상, 우아한 사파리

© 우아한사파리, 2022

1판 1쇄 인쇄 2022년 9월 1일
1판 1쇄 발행 2022년 9월 15일

글과 사진   우사파(이영빈)
펴낸이   노지훈
편집인   언제나북스 편집부
펴낸곳   언제나북스

출판등록   2020. 5. 4. 제 25100-2020-000027호
주소   인천시 서구 대촌로 26, 104-1503
전화   070-7670-0052
팩스   032-275-0051
전자우편   always_books@naver.com
블로그   blog.naver.com/always_books
인스타그램   @always.boooks

ISBN 979-11-979390-2-0

언제나북스는 여러분의 소중한 이야기를 기다립니다. 전자우편으로 원고를 보내주세요.
언제나 읽고 싶은 책을 만들기 위해 노력합니다.